Bruño

Dirección Editorial:
Trini Marull

Edición:
Cristina González

Preimpresión:
Alberto García

Traducción:
Rosa Pilar Blanco

Ilustraciones:
Birgit Rieger

Diseño de cubierta:
Miguel Ángel Parreño

© Título original: *Hexe Lilli im Land der Dinosaurier*
© Arena Verlag GmbH, Würzburg, 2006
    Este libro se ha negociado a través de Ute Körner Literary Agency, S. L., Barcelona
© Grupo Editorial Bruño, S. L., 2006
    Juan Ignacio Luca de Tena, 15
    28027 Madrid

ISBN: 84-216-9759-5
Depósito legal: M.-39.922-2006
Impresión: HUERTAS, Industrias Gráficas, S. A.
Printed in Spain

KNISTER

y los dinosaurios

Bruño

Al final de este libro
encontrarás dos espectaculares
trucos de dinosaurios.
Pero no seas impaciente y…
¡espera a llegar
a la página 141!

9

Esta es Kika, la superbruja protagonista de nuestra historia. Tiene más o menos tu edad y parece una niña corriente y moliente. Bueno, en realidad lo es…, aunque no del todo. Y es que Kika posee algo muy poco común: ¡un libro de magia!

Una mañana, Kika encontró ese libro junto a su cama. ¿Que cómo llegó a parar allí? Ni idea.

Kika solo sabe dos cosas: que la atolondrada bruja Elviruja se lo dejó olvidado en un descuido, y que el libro contiene auténticos encantamientos y loquísimos trucos de bruja. Kika ya ha probado algunos. Pero ¡cuidado…!

Será mejor que no intentes imitar los conjuros de Kika, porque…

Si al leer una palabra te equivocas,
tu cepillo de dientes se convertirá en escoba;
tu profesora, en una monstrua abominable,
y el helado que te estás comiendo,
en un pepinillo en vinagre.

Por si acaso, Kika Superbruja no le ha hablado a nadie de su fantástico libro. Es, como si dijéramos, una bruja auténtica, pero secreta. Ha ocultado la existencia del libro de magia incluso a Dani, su hermano pequeño, y esto no le ha resultado nada fácil, pues Dani es muy, pero que muy curioso, y a veces hasta puede resultar algo plasta. Pero, a pesar de todo, Kika le adora.

Bueno… y a continuación, ¡sumérgete en el placer de la superlectura con las aventuras de Kika Superbruja!

Capítulo 1

En el que pasa algo sorprendente de verdad

Es sábado por la tarde y Kika está en su habitación.

Sus padres han salido con Dani, su hermano pequeño, que lleva días dando la tabarra con ir a comprar hilo para una cometa. Resulta que su madrina le ha regalado una enorme por su cumpleaños, de esas que se vuelan con dos hilos, y a Dani se le ha roto uno… ¡incluso antes de estrenarla!

En cuanto Dani desenvolvió el regalo, Kika le dijo muy seria:

—Debes tener mucho cuidado, microbio, ¡no vayas a salir volando tú también si sopla un viento fuerte!

15

Kika solo pretendía tomarle el pelo a su hermano, claro, pero sus padres se asustaron al oírla:

—¿No sería mejor cambiar esta cometa por otra más pequeña? —sugirió su madre.

—Quizá sea buena idea… —añadió su padre.

Pero Dani se negó rotundamente:

—¡De eso nada! ¡Me quedo con esta! ¡Quiero que mi cometa sea la más grande y peligrosa de todas!

 Después, uno de los hilos se rompió, y Dani empezó dale que te pego con ir a comprar otro. Pero como sus padres

seguían preocupados por si aquel chisme volador sería peligroso de veras, Dani se las vio y se las deseó para convencerlos:

—*Porfa, porfa, porfaaaa...* ¡Os prometo que solo la volaré con viento flojito!

Al fin, sus padres se ablandaron y ese mismo sábado salieron a comprar el dichoso hilo.

Para Kika, quedarse sola en casa es una suerte muy poco frecuente. ¡Por fin podrá estar a sus anchas, sin que Dani le ataque los nervios a todas horas!

Como en la calle llueve a cántaros, no es plan de ir a la biblioteca a buscar un buen libro para pasar la tarde del sábado, así que Kika recorre la estantería de su habitación en busca de una lectura apetecible.

Sin embargo, de pronto cambia de idea y pone una sonrisilla traviesa mientras se dice:

—Chica, ya que estás sola… ¡esto hay que aprovecharlo! —y comienza a canturrear en voz baja—:

¡Si estás aburrida y te quieres divertir,
la mejor medicina es un ritmo brujil!
¡Temblad, paredes, al son de este rap,
que Kika Superbruja empieza a bailar!

Tras abrir el cajón de su escritorio, Kika rebusca en su interior y se dirige al cuarto de estar. Allí pone el CD con su música favorita en el equipo estéreo de sus padres y sube el volumen al máximo.

¡El ruido es tan atronador que las copas vibran y tintinean en la alacena!

—¡Oh, *yeahhh!* —grita Kika, bailando alrededor de la mesita del cuarto de estar—. ¡Así es como se debe escuchar la música, sí señor! Ojalá tuviera yo un súper equipo como este…

Sin parar de bailar, se dirige a su cuarto. Incluso allí, la música se oye a todo volumen desde el cuarto de estar.

Kika mete la mano debajo de la cama y saca su libro secreto de magia.

Es el momento ideal para ensayar algunos trucos nuevos. Practicar hechizos a la luz del día sin que nadie la moleste, sin miedo a que la pillen sus padres o Dani..., ¡que gozada!

Y es que Kika es una superbruja secreta y quiere seguir siéndolo, así que nadie debe saber ni una palabra de su libro de magia.

Sin perder más tiempo, empieza a hojearlo. Pero está indecisa. ¿Qué truco podría ensayar?

Hay sortilegios cuyo sentido ni siquiera es capaz de adivinar. Porque… ¿qué porras será el «Hechizo de fuego y hielo»? ¿Y el «Salto de dragón siamés»? ¿Y qué se esconderá tras la «Raíz de las cavernas» o el «Tembleque de piernas con extra de punción colmillera en la noche de Walpurgis»?

De pronto, algo llama su atención: bajo el rótulo «Lagartos gigantes» encuentra varios trucos que, sin la menor duda, están relacionados con… ¡los dinosaurios!

Kika se da una palmada en la frente y exclama:

—¿Cómo pude ser tan tonta? Si aquella vez hubiese consultado estas páginas, ¡habría encontrado todos los encantamientos especiales para dinosaurios!

Hace algún tiempo, Kika ideó el plan de viajar hasta la época de los dinosaurios con el «Salto de la bruja», pero aquello no funcionó porque no tenía a mano ningún

21

objeto prehistórico, ¡algo absolutamente imprescindible para realizar el hechizo! Por ejemplo, viajó al Salvaje Oeste con ayuda de una botella de whisky muy antigua; a la Edad Media, con una moneda de esa época, y al antiguo Egipto, con polvo del museo arqueológico[1].

Pero… ¿cómo iba a llegar hasta los dinosaurios, que vivieron muchos millones de años antes que el hombre? Entonces creyó que era un problema sin solución, aunque al menos consiguió traerse dos auténticos huevos de dinosaurio hasta su habitación mediante un sortilegio.

Luego los incubó a fuego lento en el horno, ¡y aquello fue de lo más divertido!, al menos hasta que el pequeño tiranosaurio atacó al bebé diplodocus…

---

[1] Si quieres saber más sobre estas aventuras, léete *Kika Superbruja en el Salvaje Oeste*, *Kika Superbruja y la espada mágica* y *Kika Superbruja y la momia*, los números 13, 9 y 7, respectivamente, de esta colección.

Para colmo de males, en ese momento apareció Dani, y entonces el caos fue total. Pero esa es otra historia…[2]

A Kika le interesan muchísimo los dinosaurios. ¡Es una auténtica fan suya! Así que no es de extrañar que se sumerja en una minuciosa lectura de los trucos de magia que tratan sobre ellos…

En su libro secreto encuentra sortilegios para domar dinosaurios (algo la mar de

------

[2] Si quieres saber más sobre esta aventura, léete *El dinosaurio salvaje*, el n.º 5 de la colección «Kika Superbruja y Dani».

difícil, ya que únicamente lo consiguen las brujas gladiadoras); trucos para adiestrarlos en diversas y complicadísimas materias (aunque cuesta una eternidad: dependiendo del truco, ¡unos 250 años!), e incluso una receta de cocina para preparar una caldereta de dinosaurio... ¡hummm, suculenta! (solo al alcance de brujas con formación especial de *gourmet,* por supuesto).

La verdad es que, a Kika, lo de la caldereta no le hace ninguna gracia, ¡pobres animalitos!, pero lo de hacer una visita a los dinosaurios... ¡sería una pasada!

Por otra parte, esta vez podrá dar el «Salto de la bruja» sin problemas, ya que se guardó las cáscaras de los huevos de los que salieron sus bebés dinosaurios (¡una superbruja previsora vale por dos!).

Kika mira el reloj. Si supiera cuándo van a volver exactamente Dani y sus padres...

Bueno, ¡qué más da! Para dar un salto cortito a la época de los dinosaurios no hará falta mucho rato, ¿verdad? Solo pretende echar un vistazo, respirar el aire de la Prehistoria y a lo mejor acariciar a una cría de triceratops…

Kika mira por la ventana. Sigue diluviando, y por la calle no se ve ni rastro de Dani ni de sus padres.

¡La decisión está tomada!

Saca las cáscaras de huevo de dinosaurio del cajón de su escritorio, y elige un trocito de la del bebé tiranosaurio.

Ya se dispone a recitar la fórmula mágica del «Salto de la bruja», cuando de repente se acuerda de su ratoncito de peluche. ¡Bufff, mira que si llega a olvidárselo! ¡Es su billete de vuelta a casa! Con el ratoncito, el «Salto de la bruja» la devolverá directamente a su dormitorio.

Kika nota un agradable cosquilleo en la barriga. ¡Menuda excursión la espera: una visita a la Prehistoria, con sus dinosaurios vivitos y coleando! De la emoción, hasta se le ha puesto la carne de gallina.

Vuelve a echar una rápida ojeada por la ventana, pero aparte de una vecina, a la que en ese momento una ráfaga de viento casi arranca el paraguas de la mano, no divisa a nadie.

—En fin... ¡Allá voy! —susurra emocionada.

Se sabe de memoria la fórmula mágica del «Salto de la bruja».

¡OH, NOOOO!

¡Habría hecho mejor dándose la vuelta en vez de mirar por la ventana!

¿Os imagináis lo que ha pasado?

¡Y, encima, ya es demasiado tarde para evitarlo!

Kika murmura la fórmula mágica apretando el trocito de cáscara de huevo contra su pecho, respira profundamente y…

¡FIIIUUUU!

Un viento enloquecido resopla a su alrededor.

¡El «Salto de la bruja» parece interminable esta vez! Aunque es lógico, ya que Kika nunca ha viajado tan atrás en el tiempo: ¡varios millones de años!

Tras un larguísimo vuelo, de pronto nota un frío glacial.

«¿Habré viajado a la Edad del Hielo?», se pregunta.

Pero el viaje continúa. Cada vez más y más lejos.

Al fin, la temperatura se vuelve más cálida. Mucho más cálida.

Kika reflexiona: «Seguro que los dinosaurios se sentían muy a gusto con este calorcito. Igual que la de nuestras serpientes, la temperatura de los cuerpos de los dinosaurios dependía directamente de la del ambiente. Así que solo podían sobrevivir en sitios cálidos...».

Y mientras sigue dándole vueltas a todo lo que sabe sobre esas antiguas criaturas, Kika de repente nota cómo va descendiendo poco a poco.

Conoce esa sensación: el aterrizaje es inminente...

Capítulo 2

En el que un sueño se convierte en una pesadilla

Al fin, Kika siente tierra firme bajo sus pies.

Da unos pasos, un poco mareada aún por el «Salto de la bruja».

La densa vegetación que cubre el suelo le llega más arriba de la cintura. A lo lejos se distinguen algunos árboles y un impresionante bosque de helechos.

Ella los mira con los ojos como platos. En nuestros días, los helechos apenas alcanzan un metro de altura, ¡pero allí son tan grandes como casas! ¡Qué espectáculo! Kika se siente tan insignificante ante una naturaleza tan gigantesca, que contiene la respiración y…

33

¿No se ha movido algo entre los enormes helechos?

Kika se acerca con mucha cautela y descubre... ¡dos cabezas que surgen por encima de la vegetación, a una altura de vértigo!

—Seguro que son una variedad de saurópodos, los dinosaurios más largos, altos y pesados que jamás han existido... —se le escapa en voz alta.

Enseguida se tapa la boca con una mano y sigue hablando en susurros, como si temiera ser descubierta, mientras observa cómo los dos dinosaurios se alimentan de hojas tiernas:

—¡Son
alucinantes!
Y mucho más
grandes de
lo que me
imaginaba…
Comparada con ellos,
¡una jirafa sería enana!

Kika asiste completamen-
te fascinada al impresio-
nante espectáculo de la
Prehistoria.

¡Incluso acaba de divisar tres pterosaurios volando en círculos justo por encima de su cabeza!

Como no está muy segura de si esos enormes reptiles voladores son herbívoros o carnívoros, se agacha entre la vegetación para evitar que la descubran, ¡por si las moscas!

Y lo que descubre a ras del suelo la deja igualmente impresionada. También allí bullen los animales. Es el reino de los escarabajos y las libélulas, ¡y menudos tamaños se gastan! Son los más grandes que Kika ha visto en toda su vida.

Con esas dimensiones tan tremendas parecen amenazadores, pero aun así, Kika los encuentra mucho más inofensivos que a los gigantescos lagartos voladores, así que permanece a cubierto hasta que los pterosaurios desaparecen en el cielo. ¡La seguridad ante todo!

Agazapada entre la tupida vegetación, Kika escucha los zumbidos, los aleteos ¡y hasta los ronquidos! de cientos de insectos a su alrededor. Entre todos forman una música tan extraña y ensordecedora como fascinante.

Pero… ¡alto ahí! ¿Qué ha sido eso?

Kika se da la vuelta, sobresaltada.

¿No ha pronunciado alguien… su nombre?

—¡Bah, habrán sido imaginaciones mías! Debe de faltarme un tornillo… —se dice a sí misma con una risita nerviosa—: En la época de los dinosaurios no existía el hombre, así que ahora mismo yo soy el único ser humano en todo el planeta. Eso tiene su parte buena y su parte mala, claro: no hay nadie con quien compartir esta aventura… ¡pero tampoco hay nadie que me ataque los nervios! —añade pensando en el pelma de su hermano pequeño.

En ese instante, Kika cree oír de nuevo su nombre.

¿Y esa no ha sido la voz de Dani?

Pero… ¡eso es imposible!

—No es que te falte un tornillo, Kika…, ¡es que te faltan unos cuantos! —se regaña a sí misma—. Estás empezando a desvariar…

¿Qué le está pasando? ¿Estará volviéndose loca de verdad?

Kika se levanta con mucho sigilo para mirar en la dirección de la que ha venido la supuesta llamada, pero vuelve a esconder la cabeza a toda prisa: muy cerca de ella, un pterosaurio se remueve furioso entre las plantas. Tiene más o menos el tamaño de una cigüeña, y parece como si estuviera peleándose con algo... o con alguien.

De pronto, otro pterosaurio desciende de las nubes tan rápido como una flecha. ¿Irá a ayudar a su compañero? El segundo animal tampoco es muy grande. ¿Serán ejemplares jóvenes?

En ese momento, un grito arranca a Kika de sus pensamientos:

—¡Socorrooooo! ¡Que me quieren morder!

Ese ha sido... ¿¿¿Dani??? Pero... ¡¡¡eso es imposible!!!

Mientras los más negros pensamientos se atropellan en su cabeza, Kika corre a ayudar a su hermano lanzando gritos de furia.

Antes de que el segundo pterosaurio llegue a posarse en el suelo, esos gritos lo asustan de tal modo que vuelve a elevarse para emprender la huida, no sin antes prevenir con un graznido a su compañero del «ataque» de Kika. Entonces el otro pterosaurio también se eleva con movimientos torpes y pesados. ¡Kika casi teme que las dos bestias le caigan en la cabeza!

—Mis libros cuentan cosas muy distintas... —murmura Kika, sin dejar de correr—: Por ejemplo, dicen que la mayoría de los pterosaurios eran excelentes vola- 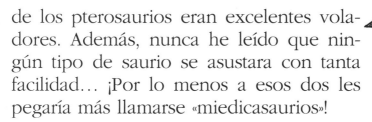 dores. Además, nunca he leído que nin- gún tipo de saurio se asustara con tanta facilidad... ¡Por lo menos a esos dos les pegaría más llamarse «miedicasaurios»!

Por fin, llega casi sin aliento a un lugar donde la vegetación parece haber sido pisoteada.

¿Y a quién se encuentra allí, mirándola con los ojos muy abiertos de asombro?

¡A Dani!

¿Cómo habrá llegado hasta la época de los dinosaurios?

Kika es incapaz de explicárselo, y tampo- co es que Dani le deje mucho tiempo para cavilaciones, ya que enseguida pregunta:

—¿Dónde estamos?

Kika resopla, preocupada. ¡Está metida en un buen lío!

Dani no debe saber bajo ningún concepto que se encuentra a millones de años de distancia de su casa. ¡Se llevaría un susto de muerte!

—Puessss… estamossss… ¡soñando! —improvisa rápidamente Kika.

—¡Uauuuu! —se asombra Dani, y tras una pequeña pausa, sigue preguntando—: ¿Estás soñando el mismo sueño que yo, en serio?

Kika apenas escucha la pregunta. Está demasiado ocupada devanándose los sesos. ¿Cómo porras habrá logrado Dani trasladarse hasta allí por arte de magia?

Al final acaba preguntándole, completamente desconcertada:

—¿Dónde te quedaste dormido? Quiero decir..., ¿dónde y cuándo empezó tu sueño?

—Pues... no lo sé. Yo estaba en tu habitación, detrás de ti... —empieza a explicar Dani— ... y la música sonaba muy alta... y de repente todo se volvió negro... y yo creo que volé... y luego aparecí entre la hierba... y después... tampoco lo sé, pero ya no estaba en tu habitación... y entonces vi a ese dragón auténtico... y le dije que se largase... y yo no sabía qué hacer... y él me quiso morder... y luego apareciste tú... y ya no sé qué más...

Poco a poco, Kika va adivinando lo que ha pasado.

«¡Por los pedos mohosos de una manada de iguanodontes!», se enfurece. «¡Dani ha debido de sorprenderme en pleno hechizo!».

Y como quiere seguir siendo una super-bruja secreta cueste lo que cueste, sigue intentando convencer a su hermano de que está soñando:

—Bueno, Dani, ¿qué te parece este sueño que soñamos juntos? ¿A que mola?

—¡Ufff, mogollón! —exclama Dani, encan-tado.

Los pensamientos de Kika siguen atrope-llándose en su cabeza.

¿Y sus padres?

¿Estarían también en la habitación y habrán visto cómo sus dos hijos se desva-necían en el aire delante de sus narices?

Así como sin darle mucha importancia, Kika le pregunta a su hermano:

—¿Sabes si papá y mamá también están en nuestro sueño?

—No lo sé… Yo no los veo, ¿y tú? —Dani mira a su alrededor y se pone a gritar—: ¡Papááááá! ¡Mamáááá! ¿Estáis ahííííí?

Un poco nervioso al no recibir respuesta, empieza a contarle a Kika:

—Papá, mamá y yo volvíamos juntos de comprar el hilo para mi cometa, pero entonces papá se entretuvo en la tienda de la esquina y mamá y yo subimos a casa solos. Entonces mamá me abrió la puerta y me dijo que entrara, que a ella se le había olvidado mirar si había cartas en el buzón y que enseguida venía… —en ese

instante, Dani hace un puchero y vuelve a gritar—: ¿Mamá? ¿Mami, estás también en nuestro sueño? ¡Ven, por favor!

—Creo que llamarla no servirá de nada… ¡Seguro que mamá está soñando otra cosa! —dice Kika para tranquilizar a su hermano—. Además…, si sigues gritando, nos despertaremos y este sueño tan chulo desaparecerá.

—Ah, vale —acepta Dani sin rechistar.

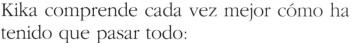

Kika comprende cada vez mejor cómo ha tenido que pasar todo:

Dani debía de estar a su espalda justo en el momento en que ella formulaba el conjuro del «Salto de la bruja». ¡Con la música tan alta, no le oyó entrar en casa! Entonces, seguramente él la rozó mientras pronunciaba el hechizo y...

¡Porras, porras y requeteporras! ¡Kika ha cometido un gravísimo error mágico! Jamás de los jamases volverá a dar el «Salto de la bruja» sin asegurarse de que está realmente sola.

El caso es que, a estas alturas, de nada sirve hacerse reproches. Ahora solo importa una cosa: llevar a Dani de vuelta a casa... ¡y sin perder un segundo!

Kika mete rápidamente la mano en su bolsillo en busca del ratoncito de peluche. ¡Allí está su talismán para volver a casa!

Ya nada puede impedir su regreso con el «Salto de la bruja».

Tras lanzar una última ojeada a los gigantescos saurópodos que asoman entre los altísimos helechos, Kika susurra:

—Qué pena que no me haya dado tiempo a conoceros mejor, grandullones... Pero volveré. ¡Prometido! —después se vuelve hacia Dani para decirle—: Dame la mano y cierra los ojos. Ya verás cómo sigue nuestro sueño... ¡Vas a alucinar!

—¡Es que si cierro los ojos no podré ver a los dragones! —protesta Dani—. Y yo quiero verlos... ¡Es mucho más emocionante que volar cometas!

Y entonces se le ocurre la feliz idea de... ¡echar a correr!

—¡Eh! ¿Adónde crees que vas, microbio? —le grita Kika—. ¡Quieto ahí ahora mismo...!

Pero a Dani ya no hay quien lo pare.

Kika se lanza tras él a la carrera. ¡Sabe lo rápido que puede llegar a correr ese enano!

El suelo está cubierto por una vegetación tan alta, que hay momentos en que Dani desaparece entre ella, y Kika no tarda en perderlo de vista.

—¡Vuelve aquí! —le grita, angustiada.

Pero Dani se lo está pasando bomba con la persecución y, muerto de la risa, se limita a contestar de vez en cuando:

—¡No grites tanto, Kika, o nos despertaremos!

—¡Ya te daré yo a ti despertador...! ¡Espera y verás! —le amenaza ella.

Kika logra orientarse un poco siguiendo la voz de su hermano... ¡y el muy inconsciente va derechito hacia un par de cuellilargos! ¡Lo que faltaba!

—¡VEN AQUÍ IN-ME-DIA-TA-MEN-TEEEE!
—se desespera Kika.

Esta vez, Dani no es tan tonto como para
delatarse hablando. Está encantado de
que su hermana le persiga y no quiere que
el juego termine, ¡así que sigue corriendo
como una liebre!

Kika ya no sabe qué hacer. El corazón le
late a toda velocidad. Tienen que largarse
de allí urgentemente, y no solo porque el
mundo de los dinosaurios puede volverse
muy, pero que muy peligroso…, ¡sino
porque hace rato que sus padres habrán
llegado a casa!

Además, pocas veces ha estado tan enfa-
dada con su hermano. En lugar de disfru-
tar de la fascinante época prehistórica, ¡se
ha pasado prácticamente todo el tiempo
persiguiéndolo! Cuando por fin lo pille,

ese renacuajo se las va a pagar todas juntas…

Tras buscar durante un buen rato, Kika por fin ve la cabeza de Dani asomando entre unas plantas. Se ha subido a una piedra para intentar descubrir a su hermana. Para entonces ya se ha alejado un buen trecho y está a punto de alcanzar un bosque de helechos. Subido a la piedra, llama a Kika dando saltos:

—¡Eh-ehhhh! ¡Ki-kaaaa! ¡Yu-juuuuu!

Y justo en ese instante, Kika ve algo que la deja sin respiración…

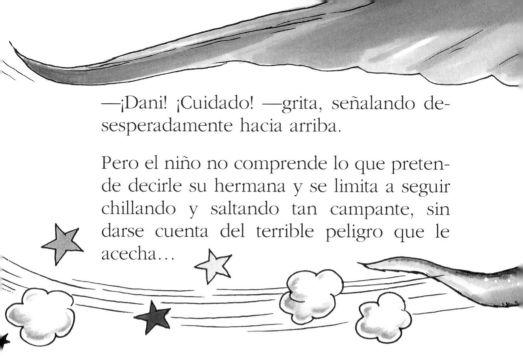

—¡Dani! ¡Cuidado! —grita, señalando desesperadamente hacia arriba.

Pero el niño no comprende lo que pretende decirle su hermana y se limita a seguir chillando y saltando tan campante, sin darse cuenta del terrible peligro que le acecha…

Veloz como una flecha, un enorme pterosaurio, esta vez adulto, se abalanza sobre él. Es un animal gigantesco: ¡con las alas desplegadas es tan grande como una avioneta, y solamente su pico es más largo que el propio Dani!

Cuando el niño se da cuenta de lo que ocurre, ya es demasiado tarde. El temible saurio se abate sobre él y lo agarra por la sudadera.

Kika contempla impotente cómo su hermano desaparece por los aires. ¡Y ella que había bromeado diciéndole que tuviera cuidado con su cometa, no fuera a salir volando tras ella…!

—¡Oh, no! —grita, aterrada, mientras empieza a lanzarle piedras al ladrón volador.

Pero sus esfuerzos de nada sirven.

¡Es imposible alcanzarlo! Además, el pterosaurio adulto tampoco se deja espantar con tanta facilidad como los ejemplares jóvenes, y sujeta con fuerza su valiosa presa.

¿Y qué pasa con Dani?

Pues que al principio pone cara de susto… ¡pero enseguida empieza a reírse y a patalear, encantado! Volar en las garras de un reptil parece divertirle una barbaridad.

—¡Quítate la sudadera, Dani! ¡Vamos, quítatela! —se desgañita Kika.

—¡Pero si no pasa nada, boba! ¿No ves que es un sueño? —le contesta él, que ni corto ni perezoso, anima al pterosaurio—: ¡Vamos, dragón, vuela más deprisa! ¡Y más alto! ¡Arre, arre, lagartija con alas!

Lo malo es que, cuando la bestia asciende de verdad, Dani empieza a asustarse, ya que de repente se queda mudo.

El pterosaurio vuela ya tan alto que Kika no duda en modificar las instrucciones para su hermano:

—¡Ni se te ocurra quitarte la sudadera! ¡Por lo que más quieras, déjatela puesta, o te harás papilla contra el suelo!

Paralizada por el terror, a Kika se le hace un nudo en la garganta mientras piensa: «¡Ojalá ese monstruo me hubiera atrapado a mí! ¡Ojalá pudiera cambiarme por Dani!».

A pesar de todo, intenta no perder de vista a su hermano, que se aleja cada vez más.

El pterosaurio parece dirigirse hacia unas montañas que se divisan en el horizonte, y Kika apenas acierta a distinguir ya a Dani entre sus garras.

Sin embargo, sí ve cómo el animal descri-be círculos sobre la cumbre más alta, quién sabe si buscando un sitio para posarse...

Kika nunca ha estado tan desesperada. Si fuera posible detener el tiempo..., o mejor aún, ¡hacerlo retroceder! Seguro que su libro secreto de magia contiene una fór-mula para eso.

Pero el libro está muy lejos de allí, ¡y sin él, no hay hechizo que valga! ¿Debe volver a su habitación con el «Salto de la bruja» para consultarlo? No, eso también sería inútil, porque cuando regresara con el encanta-miento adecuado, el pterosaurio ya habría desaparecido detrás de aquellas monta-ñas. Y aquellas montañas están tan lejos...

Lo que para Dani es un sueño, para Kika es una pesadilla. ¡Una pesadilla estando despierta!

Muerta de preocupación, no puede evitar echarse a llorar. Pero eso no le sirve de consuelo, ni mucho menos.

Jamás se había sentido tan impotente… y tan culpable.

Sollozando, Kika se deja caer entre los helechos.

¿Qué va a hacer ahora?

Capítulo 3

**En el que dos reyes luchan
por la comida**

—**Z**eguro que eztáz trizte porque eze picolargo ze ha llevado a tu hijito —dice alguien de pronto a su lado.

Sobresaltada, Kika mira a su alrededor, pero como tiene los ojos llenos de lágrimas, solo alcanza a ver un manchón verde muy borroso.

—¿Qui...qui...quién anda ahí? —tartamudea.

—Zoy yo, Zirizí.

—¿Ziri...quién? ¿Y dónde estás?

—Aquí. Juzto delante de ti.

En ese momento, Kika descubre una gigantesca libélula posada frente a ella.

Está tan bien camuflada entre la vegetación que apenas se la distingue. Su cabeza de colores con dos grandes ojos podría pasar perfectamente por una flor, y sus antenas, por los tallos de cualquier planta.

Su cuerpo es de un suave color verde, casi tan largo como una *baguette,* y Kika cuenta cuatro alas delicadísimas, casi transparentes… ¡pero del tamaño de la cometa de Dani! Cuando se mueven, refulgen bajo la luz igual que un cristal.

La visión del extrañísimo insecto es tan
maravillosa que, durante unos instantes,
Kika se olvida de todo…, incluso de sus
preocupaciones.

—*Te he oído llorar, ¿zabez?*—dice entonces Zirizí—. *Zeguro que eztáz trizte porque eze picolargo ze ha llevado a tu
cría… Como no ze atreve a acercarze a*

loz mayorez, ziempre ze lleva a loz pequeñoz. ¡Ez un cobardica!

—Sí, estoy triste, muy triste... —responde Kika, intentando contener el llanto—. Pero ese pequeñajo no es mi hijo, sino mi hermano, y yo... yo... ¡yo acabo de darme cuenta de lo muchísimo que le quiero! —continúa mientras los ojos se le llenan otra vez de lágrimas.

—*No zé zi te zervirá de algo, pero de momento, el picolargo no ze zampará a tu hermano...* —añade la libélula.

Kika no comprende.

—¿Qué significa eso de que «de momento» no se lo comerá? —pregunta Kika—. ¿Es que no es carnívoro?

—*Puez..., zí..., aunque..., no..., la verdad ez que no.*

—Entonces, si no es un carnívoro peligroso, tendrá que ser herbívoro, ¿no?

—*Puez…, no…, el cazo ez que tampoco ez herbívoro. No zé cómo llamarlo exactamente… Él ez… hummm, ¿cómo lo diría?* —Zirizí se esfuerza por encontrar las palabras mientras su cuerpo vibra al compás de sus alas, que relucen con todos los colores del arco iris—. *Él zolamente come carne cuando ya eztá tieza.*

—¿Cuándo está… tiesa?

—*¡Zí, juzto!*

—Pero… ¿qué clase de bicho come solo carne tiesa? ¿No querrás decir «crujiente», o algo así?

—*¡No, no, no ez ezo!* —se acalora la libélula—. *Loz picolargoz zolo comen carne cuando ya eztá… tieza. ¿Entiendez?*

Kika se estruja los sesos intentado comprender. Repasa una y otra vez todo lo que ha leído sobre dinosaurios. Sabe que los había carnívoros y herbívoros, ¿pero extistirían otros con hábitos alimenticios que todavía desconocemos?

Después de mucho cavilar, por fin se enciende no solo una lucecita en su cabeza, ¡sino toda una ristra de fuegos artificiales!

—¡Ya caigo! —exclama, aliviada—. ¡Es un carroñero! Solo come animales cuando están tiesos, o lo que es lo mismo: muertos.

—*¡Puez claro! ¿Qué te decía yo?*

Pero Kika aún tiene un montón de preguntas que hacer:

—¿Y por qué captura presas vivas si come cadáveres? ¡Eso no encaja!

—*Ze pirra por la carroña frezca* —le explica Zirizí—. *Por ezo ze prepara una buena provizión de carne. Y eza ez la razón de que zolamente cace a laz críaz. Zabe que loz pobrez animalitoz ze morirán de hambre zin zuz padrez. Loz mete en zu nido y zolo tiene que ezperar a que...*

—¡Vale, vale, ya me hago una idea! —la interrumpe Kika, nerviosa—. Lo principal es no dejarse llevar por el pánico. Aún tenemos tiempo… ¡Dani no se morirá de hambre tan deprisa! —y añade con una sonrisa—: Aunque no debemos retrasar demasiado el rescate, no sea que a mi hermano se le ocurra darle mucho la lata al pterosaurio… ¡Ni te imaginas lo bien que se le da hacer eso!

—*¿Qué ez una lata? ¿Y qué paza zi ze la da mucho?* —quiere saber Zirizí.

—Pues que a lo mejor el pterosaurio acaba echándolo a patadas de su nido… —le explica Kika.

—*Pero ¿qué ez una lata?* —insiste Zirizí.

—Hummm, es difícil de explicar… Lo que quiero decir es que, a veces, mi hermano te pone al borde de un ataque de nervios… ¡Pero yo le quiero igual!

La libélula asiente con una inclinación de su hermosa cabeza:

—*Ya entiendo. Dicez que tu hermano te*
crizpa loz nervioz, o lo que ez lo mizmo,
que ez un zuperplazta, como decimoz laz
libélulaz.

Kika no entiende muy bien lo que es un
«zuperplazta», pero no hay tiempo para más
aclaraciones. ¡Tiene que rescatar a Dani!

—¿Conoces el sitio exacto donde esa bestia tiene su nido? —le pregunta a Zirizí.

—*Claro que zí: en la Roca Ezcarpada.*
Eztá en la cima de ezaz montañaz, pega-
do a laz peñaz como un nido de golon-
drinaz, muy alto, altízimo, para que zuz
prezaz no puedan huir.

—¿«Zuz prezaz»?

—*¡Zí, zuz prezaz! Tu hermano Dani ez*
zu preza —intenta explicar Zirizí.

—¡Ah, ya entiendo, quieres decir «su presa»!
—sonríe Kika, y alzando un puño hacia el

cielo, exclama—: ¡Te atraparé, lagarto con alas, y como que me llamo Kika que te arrebataré a tu presa! ¡En marcha, Zirizí! ¡Hacia la Roca Escarpada!

La libélula emprende la marcha, pero vuela tan deprisa que Kika apenas puede seguirla y acaba resoplando, casi sin aliento:

—¡Eh, espera! ¡Que yo no tengo alas!

—*¡Ay, cuánto lo ziento! Ez que eztoy tan nervioza…*

Las dos avanzan a buen ritmo, y enseguida alcanzan un nuevo bosque de helechos.

Los saurópodos parecen muy asustadizos, pues todo un rebaño huye presa del pánico cuando Kika pasa junto a ellos.

Al darse cuenta, Zirizí comenta:

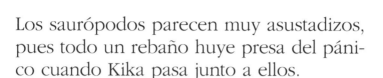

—*Zeguramente ze azuztan de ti porque zon unoz comebojaz inofenzivoz y no zaben zi erez carnívora o berbívora. Por cierto, ¿tú qué comez: plantaz o carne?*

Kika apenas puede contener la risa. Claro que, hace un montón de millones de años, esa pregunta era decisiva… En aquellos tiempos remotos, el mundo aún no era tan complicado, y la respuesta a esa cuestión permitía distinguir entre amigo y enemigo.

—*Bueno, ¿qué ez lo que comez tú?* —repite Zirizí, expectante.

—Yo soy un ser humano, y los seres humanos somos omnívoros, o sea, que comemos de todo —responde Kika—: Pero, entre tú y yo, ¡lo que más me gusta son los espaguetis!

—*¿Ezpaguetiz? No lo he oído jamáz... ¿Loz comedores de ezpaguetiz zon peligrozoz?*

74

—«Zolo» para los «ezpaguetiz» y para la «zalza» de tomate —contesta Kika, riendo.

Las dos prosiguen su avance sin aflojar la marcha.

De vez en cuando, Kika alza la vista con preocupación hacia los peñascos, preguntándose cómo estará Dani. Y no tarda mucho en averiguarlo, ya que, de pronto, el pterosaurio varía la posición de sus alas y se prepara para el aterrizaje.

Aunque a esa distancia no puede distinguir a su hermano, Kika sí que divisa cómo el gigante alado deposita algo en su nido.

¡Qué alivio! Ahora, Dani al menos tiene algo firme bajo los pies.

A Kika le gustaría gritarle que se sujete bien y que no se asome por el borde del nido, pero sabe que su hermano está tan lejos que no podría oírla.

En ese momento, Zirizí suelta un chillido:

—*¡Cuidado! ¡Hay que ponerze a cubierto, depriza!*

Kika se tira rápidamente al suelo, y la libélula no tarda en aterrizar a su lado.

Las dos esperan muy quietas, escuchando con atención una especie de trueno que va acercándose mezclado con extraños gritos animales.

—¿Qué es eso? Parece el ruido de una lucha… —musita Kika con voz asustada.

Se oyen unos golpes sordos y la tierra empieza a temblar.

—*Yo diría que aún eztán lejoz…* —reflexiona Zirizí, que se atreve a salir de su escondite y asciende en vertical por el aire. Parada como un helicóptero por encima de

77

Kika, anuncia—: *Zí, ez juzto lo que penza-ba. Doz reyez de loz zaurioz eztán com-batiendo...*

—¿De qué reyes hablas? —quiere saber Kika.

—*¡Quieta! ¡No te muevaz de ahí! Ezto ez demaziado peligrozo para comedoraz de ezpaguetiz...* —susurra la libélula—. *¡Qué ezpanto!*

—Pero ¿qué pasa, qué pasa? —pregunta Kika, impaciente.

—*¡Tiranozaurioz rex!*

—¿Tirano...? ¡Oooostras! ¿Tiranosaurios rex de verdad? —repite Kika, emocionadí-sima—. ¡Esto no me lo pierdo!

¡No puede quedarse escondida mientras dos ejemplares del depredador más peli-groso de todos los tiempos se pelean delante de sus narices! ¡Nada menos que tiranosaurios, una de las especies de dino-saurios más conocidas, y los protagonistas de mil libros y películas!

Con mucho cuidado, Kika echa a correr ocultándose entre los helechos.

¡El estruendo de la lucha es cada vez mayor!

—¡Uauuuuuuu! —se le escapa al subirse a una piedra para ver mejor.

¡Menudo espectáculo se desarrolla justo delante de sus ojos!

¡Dos tiranosaurios están peleándose a unos metros de ella!

Las terribles fieras son aún más grandes que el edificio donde vive Kika. Solo su cabeza es más larga que un coche... ¡Y qué dientes! Solo verlos da escalofríos. Están muy juntos y parecen enormes sables afiladísimos.

Los dos mons-
truos prehistóri-
cos están luchan-
do por su botín:
un pobre tricera-
tops que yace
muerto en el suelo.
Se parece bastante a
un rinoceronte, aunque
con tres cuernos y un
collar de púas que no le han
servido de mucho para
defenderse de sus depre-
dadores. La vegetación
está toda pisoteada

a su alrededor, lo que hace suponer que, poco antes, allí ha habido un rebaño de triceratops que ha emprendido una rápida huida.

Entre feroces rugidos, uno de los tiranosaurios se abalanza sobre su oponente
con la boca abierta y lanza una peligrosí-
sima dentellada al aire. Cada paso de los
dos colosos parece un trueno, y sus rugidos resuenan cien veces más fuertes que
el trompeteo de una manada de elefantes.

Aturdida por el estruendo, Kika se tapa los
oídos.

Y el espectáculo no termina ahí...

Por el rabillo del ojo observa cómo un
albertosaurio (un dinosaurio muy pareci-
do a los tiranosaurios, solo que un poco
más pequeño, aunque no menos feroz) se
acerca al triceratops muerto sin que los
dos gigantes que luchan entre sí se den
cuenta. ¡El hambre parece haberle dado el
valor necesario para aproximarse a los dos
peligrosos tiranosaurios!

Sin embargo, apenas ha llegado junto al
triceratops, uno de los dos colosos lo des-

cubre y se revuelve velozmente para golpearlo con su cola. A continuación, el tiranosaurio yergue su cuerpo de siete toneladas y se deja caer sobre el sorprendido albertosaurio, que no tarda en desplomarse al sentir cómo decenas de dientes de veinte centímetros de largo se clavan en su cuello…

Impresionada, Kika traga saliva. ¡Ya ha visto suficiente! Ahora solo quiere largarse de allí, ¡y cuanto antes, mejor!

Zirizí, en cambio, parece encontrarlo todo de lo más normal. Al fin y al cabo, ese es su mundo.

—*¡Vamoz, apriza!* —apremia a Kika—. *Ahora que todoz eztán comiendo, podemoz pazar a zu lado zin peligro.*

La libélula echa a volar delante de Kika y esta la sigue corriendo a toda velocidad mientras se concentra en un único pensamiento: ¡ante todo no tropezar!

Tras una larga carrera, cuando ya no puede respirar sino jadeando, Kika se detiene a descansar solo unos instantes. No hay tiempo que perder, y después del espectáculo que acaba de ver, lo tiene aún más claro. ¡Debe rescatar a Dani pero ya mismo! Así que, decidida, se pone de nuevo en marcha.

En su recorrido pasan junto a una manada de hadrosaurios o dinosaurios de pico de pato que pastan tranquilamente. Aunque esos gigantescos herbívoros son inofensivos, a Kika no le gustaría caer entre sus patas, tan grandes como troncos de árbol.

¡Qué lástima que la propia Kika también sea gigantesca para poder volar a lomos de Zirizí! Avanzarían mucho más rápido, eso desde luego, pero seguramente la pobre libélula quedaría aplastada bajo su peso.

Después de una marcha agotadora, por fin llegan al pie de las montañas de piedra.

Desde allí se divisa con claridad el gigantesco nido.

Está sólidamente construido con ramas entrelazadas, y a una altura de vértigo.

Kika no logra distinguir a Dani, aunque el nido es tan inmenso que, si su hermano estuviera de pie dentro de él,

no sería lo bastante alto ni para asomar por encima del borde. «Bueno, al menos así no se caerá, el muy trasto...», piensa para tranquilizarse un poco.

Muy alto, por encima de la cumbre de la montaña, el pterosaurio y sus crías sobrevuelan el nido trazando círculos en el aire.

La pared escarpada se alza ante Kika como una fortaleza inalcanzable.

—¿Cómo llegaré hasta ahí arriba? —se pregunta, desesperada.

—*¡Puez ezcalando, eztá claro!*—la anima Zirizí.

—¡Vaya, hombre, qué lista! ¡Por si no te has fijado, no soy una lagartija, así que ya me contarás cómo porras voy a subir por ese muro de piedra!

—*¿Ez que vaz a rendirte ahora?*

¡Menuda pregunta! Se ve que la libélula no conoce a Kika... Una auténtica superbruja no se rinde tan fácilmente, ¡y mucho menos cuando su hermano está en peligro!

Es el momento de elaborar un plan de rescate, y el primer punto de ese plan es averiguar si Dani está realmente en el nido de los pterosaurios, así que Kika no duda en pedirle ayuda a Zirizí.

—*¡Iré a echar un viztazo con mucho guzto! Ezoz bicharracoz eztán muy lejoz del nido. Azí no podrán pillarme...*

—dice la libélula, y al momento emprende el vuelo en vertical.

Kika la pierde de vista muy pronto, pues a
pesar de su tamaño, Zirizí es tan delgada y
transparente que casi se confunde con el
color del cielo. Poco después, solo un
puntito luminoso situado sobre el nido de
los pterosaurios permite adivinar por
dónde revolotea la libélula.

—¿Qué has visto, qué has visto? —pregunta Kika, ansiosa, en cuanto Zirizí vuelve a posarse a su lado.

—*Dentro del nido hay doz pobrez guzanilloz: un comedor de ezpaguetiz y una cría de pico de pato. ¡Pero eztán muy alegrez y creo que juegan a atraparze!*

—Eso es típico de Dani… —afirma su hermana con una sonrisa de alivio—. ¡Siempre tiene ganas de juerga!

Justo en ese instante, Kika cae en la cuenta de cómo podría subir hasta el nido para rescatar a su hermano. «¡Pero mira que soy merluza…! ¿Cómo no se me habrá ocurrido antes?», piensa mientras se atiza una palmada en la frente.

—Por favor, Zirizí, ¿podrías volver a subir y traerme una ramita del nido? —le pide a la libélula.

—¿*Una ramita, dizez?*

—Sí. Necesito cualquier cosa que forme parte de ese nido. Una ramita… ¡o lo que sea!

—¿*Y para qué quierez ezo? ¿Qué haráz dezpuéz con ello?* —pregunta Zirizí, que no entiende nada, la pobre.

¿Cómo hacérselo comprender? Por supuesto, la libélula no sabe que Kika es una superbruja secreta, y que la ramita le permitirá dar el «Salto de la bruja» hasta el nido. ¡Luego será facilísimo salir de él con Dani y volver a su habitación con ayuda del ratoncito de peluche!

Pero Kika no puede revelar su plan a Zirizí, así que se limita a meterle prisa:

—¿Vas a traerme esa ramita o no? No puedo explicarte para qué la necesito, pero confía en mí, por favor…

—*Por zupuezto. Zi pienzaz que ezo te ayudará, te la traeré* —responde la libélula, levantando de nuevo el vuelo.

Sin embargo, cuando Zirizí casi está a punto de alcanzar el nido… ¡de pronto el pterosaurio adulto se lanza en picado sobre ella!

—¡Cuidado! —grita Kika.

La libélula huye disparada y busca refugio junto a Kika en la grieta de una roca oculta por un arbusto.

—¿Nos habrá descubierto? —pregunta Kika conteniendo el aliento.

—*No lo zé, pero mientraz él ezté cerca, ez muy peligrozo acercarze. Zuz aletazoz zon terriblez, y tiene unaz garraz ezpantozaz…*

¡Porras! ¿Qué hacer?

Con mucha cautela, Kika se asoma por la grieta en la roca y echa una ojeada hacia el nido. El gran pterosaurio y sus dos crías están posados en él, girando desconfiadamente en todas direcciones sus cabezas de largos y afilados picos.

—¡Por todos los mocos escabechados de un ictiosaurio! —se enfurece Kika—. ¡Tenemos que espantar a ese bicho de su nido como sea!

Las alas de Zirizí adquieren un tono rojizo, pues los juramentos como el que acaba de oír le resultan siempre muy embarazosos. Sin embargo, Kika, que aprendió a soltar esa clase de expresiones en su aventura con los vikingos[3], ni siquiera se da cuenta del mal rato que ha hecho pasar a la pobre libélula.

—¿Y si...? ¡Pues claro! ¡Eso es! —exclama de pronto—. Por favor, Zirizí, es muy importante que, pase lo que pase, te quedes aquí escondida y me esperes. ¡Volveré enseguida!

Entonces mete la mano en el bolsillo del pantalón y agarra su ratoncito de peluche.

---

[3] Si quieres conocer esta historia, léete *Kika Superbruja y los vikingos*, el n.º 15 de esta colección.

Con la otra mano, arranca una hoja del arbusto que oculta su escondrijo en la roca.

A continuación murmura unas misteriosas palabras y…

¡FIIIUUUU!

Capítulo 4

**En el que un comedor de espaguetis
tiene que dejar su nido**

97

Tras un «Salto de la bruja» que parece durar una eternidad, Kika por fin aterriza en su cuarto. Se sacude rápidamente la ropa tras el agitado viaje y corre hacia su estantería.

Quiere saber muy bien con quién va a enfrentarse en la época de los dinosaurios, y nada mejor que un libro para informarse con detalle.

Kika pasa las páginas a toda prisa y, cuando encuentra la información que necesita, se queda sin aliento…

No hay duda: el pterosaurio que ha secuestrado a Dani es del género quetzalcoatlus, seguramente uno de los animales voladores más grandes de todos los tiempos. Vivió en el Cretácico tardío, que es como se llama al último periodo de la era de los dinosaurios, hace unos setenta millones de años. Su extraño nombre se deriva del dios azteca Quetzalcoatl, y significa «serpiente alada».

—Desde luego, el nombrecito le pega... —sisea Kika, furiosa—. Ese bicho es como una gigantesca culebra con alas. ¡Pero se va a enterar de lo que es bueno!

Por desgracia, el libro no explica quiénes eran los enemigos naturales de los quetzalcoatlus, ni siquiera cuál era su punto débil.

Sin dudarlo un segundo, Kika se mete debajo de su cama.

¿Qué buscará ahí? ¿Quizá su libro secreto de magia para encontrar un hechizo rescatador?

¡Qué va! Lo que trata de encontrar no tiene nada que ver con la brujería. Sus sortilegios ya han salido mal con demasiada frecuencia…, ¡y esta vez se juega demasiado! Dani está en peligro de muerte. No puede correr un solo riesgo más.

Su madre aparece en la habitación justo cuando Kika da con lo que estaba buscando…

—Pero… ¿se puede saber qué haces debajo de la cama? —pregunta, asombrada.

Kika suelta un grito, sobresaltada. ¡Lo que faltaba! ¿Es que su madre tenía que aparecer precisamente ahora?

Pero consigue controlarse y, mientras sale de debajo de la cama, contesta:

—Es que se me ha caído una cosa y ha rodado debajo de la cama.

—¿Qué cosa? —quiere saber su madre.

A Kika se le escapa un suspiro de resignación y le enseña lo que estaba escondiendo detrás de su espalda.

—¿Un mechero? ¿De dónde lo has sacado? ¿Y qué pretendes hacer con él?

—Bu…bu…bueno, pu…pu…pues yo… —tartamudea Kika, buscando desesperadamente una explicación.

—Ya sabes que con el fuego no se juega —la interrumpe su madre muy decidida, y… ¡ZAS!, le arrebata el mechero antes de añadir—: Por cierto… ¡hay que ver cómo está tu cuarto! ¡Hazme el favor de ordenarlo inmediatamente! Esta noche vendrá de visita la tía Hortensia, y ya sabes lo quisquillosa que es.

—Vale, ahora mismo lo recojo todo —responde rápidamente Kika, intentando no parecer impaciente.

—¿Dónde está Dani? —pregunta de repente su madre.

Kika traga saliva.

—¿Dani? Ejem… puessss… estábamos jugando… fuera…

—Ya… Seguro que estáis volando esa dichosa cometa, ¿eh? Menos mal que ya no hace tanto viento… De todas formas, ha sido todo un detalle que dejaras de jugar un momento para venir a ordenar tu habitación, así que ahora hazlo como es debido, ¿estamos?

Kika ve a su madre tan embalada que opta por no rechistar. ¡Lo principal es que la deje sola cuanto antes!

—Claro, claro, mamá —dice mientras recoge un jersey que estaba tirado encima de la mesa y lo cuelga en el armario.

Cuando su madre la ve colocar también los patines y unos cuantos trastos más en su sitio, asiente satisfecha y sale del cuarto.

Kika resopla, aliviada.

No había contado con toparse con nadie en su rapidísimo paso por casa, y pensaba salir de allí con el «Salto de la bruja» tan sigilosamente como había venido. Ahora, sin embargo, su madre se extrañará mucho al no ver su cuarto totalmente ordenado… ¡y con ella dentro!

Sin embargo, Kika tiene muy claro que no puede perder más tiempo.

¡Dani es lo primero!

Así que se mete de nuevo debajo de la cama…, ¡que es donde tiene escondido lo que estaba buscando en realidad!

Lo mete todo en una bolsa de tela, aprieta contra su corazón la hoja de arbusto de la época de los dinosaurios y…

¡FIIIUUUU!

Zirizí se lleva un susto de muerte cuando Kika aparece de repente ante sus narices, como surgida de la nada.

—*¿Cómo haz llegado hazta aquí?* —le pregunta, asombrada.

—Oh, es un simple truquito de nada... —responde Kika, quitándole importancia.

—*¿Y todoz loz comedorez de ezpaguetiz zabéiz hacer eze truco?* —quiere saber la libélula.

—Solo si se llaman Kika —contesta ella con una sonrisa pícara—. Y ahora…, ¡basta de charla y manos a la obra!

Enseguida le enseña a Zirizí lo que ha traído dentro de la bolsa de tela:

—Fíjate bien, porque vamos a expulsar a esos bicharracos de su nido con esto… Cuando estén bien lejos, podrás traerme tranquilamente la ramita que necesito.

La libélula no entiende ni una palabra, y Kika le explica:

—Son petardos de Nochevieja. Solo se pueden comprar en Navidad, ¿sabes? Me los trajo mi padre, y yo me guardé algunos a escondidas para darle una sorpresa en su cumpleaños… ¡Explotarlos en pleno verano es muy emocionante!

—¿Nochevieja? ¿Navidad? ¿Ezplotar? —la pobre libélula sigue hecha un auténtico lío.

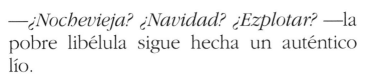

—Oye, Zirizí, tú confía en mí, ¿vale? Ahora no puedo explicártelo todo con detalle. Lo único que importa es esto: si los petardos de Nochevieja se manejan con cuidado, son inofensivos. Simplemente explotan con mucho ruido, pero no hacen daño a nadie. ¡Espero que esos lagartos con alas se lleven un buen susto y salgan volando muertos de miedo! Entonces tú aprovecharás ese momento para traerme la ramita del nido todo lo deprisa que puedas.

—*Pero... ¿cómo ezplotan eztaz cozaz? ¿Eztán vivaz? ¡Parecen tiezaz del todo!*

—No, no están vivas —sonríe Kika—. Si Dani no estuviera en peligro, intentaría explicártelo mejor, de verdad, pero ahora haz simplemente lo que yo te diga, por favor. Verás: cuando yo coja el mechero...

Kika se calla de golpe, sin terminar la frase. ¡Acaba de acordarse de que su madre le ha quitado el mechero! ¿Y ahora qué va a hacer? Sin fuego no hay explosión, y sin explosión tampoco hay nido libre de quetzalcoatlus...

¡Porras, porras y requetecontraporras!

Kika observa el nido, impotente. El pobre Dani va a tener que echarle un poco más de paciencia, ya que ella debe dar otra vez el «Salto de la bruja» para conseguir un maldito mechero. ¡Qué mala pata...!

Su mano busca el ratoncito de peluche y ya tiene la fórmula mágica en la punta de la lengua, cuando...

... resuena una explosión cien mil veces más tremenda que todos los petardos de todas las Nochevijas juntos.

La tierra tiembla y el cielo se oscurece...

Capítulo 5

En el que nieva nieve negra

¡A cubierto, depriza! —grita Zirizí, aterrada.

Apretujadas en el interior de la grieta en la roca, Kika y la libélula notan como si el mundo se estuviera cayendo a pedazos en el exterior.

—*Ez el volcán* —explica Zirizí—. *Zeguramente ze ha enfadado con nozotraz. Ziempre que ze enfurece, hace lo mizmo.*

—¿Un volcán en erupción?

—*Zí. Eztá furiozo y zuelta humo y fuego. Y cuando ya eztá mozqueadízimo, también noz ezcupe rocaz y zopa caliente.*

113

—¿Te refieres a la lava? —pregunta Kika.

—*Nozotros la llamamoz zopa caliente, aunque no ze puede comer ni cuando eztá ardiendo, porque quema muchízimo, ni cuando ze enfría, porque ze pone zuperdura.*

—Vale, vale, entonces seguro que es lava... —dice Kika, desanimada.

No puede dejar de pensar en Dani. El
pobre sigue allí arriba, corriendo un grave
peligro, sin nadie que le proteja…

Las sacudidas y crujidos procedentes del
exterior se vuelven cada vez más ruidosos
y violentos. Del cielo caen peñascos del
tamaño de balones de fútbol, y el aire
apesta a azufre.

Kika ya no aguanta más sin hacer nada.
¡Tiene que ver cómo está Dani!

Se asoma con mucha cautela por la grieta
que les sirve de refugio. Los ojos le escue-
cen por el humo. Todos los animales han
enmudecido. Y también se ha calmado el
amenazante temblor de la montaña.

Ante Kika aparece un paisaje impresionante. Un momento antes, todavía lucía el sol, pero ahora sus rayos apenas logran abrirse paso entre la densa cortina de ceniza que va descendiendo como si fuera lluvia, o mejor..., ¡nieve negra! Por suerte, parece que el volcán ya ha dejado de lanzar fragmentos de roca.

Poco a poco, el cielo va aclarándose y Kika logra distinguir el nido, que parece intacto, y a los quetzalcoatlus volando en círculos por encima de él. Seguramente, los grandes reptiles voladores se sienten más seguros a esa gran altura.

El volcán se encuentra bastante cerca, en la misma cadena montañosa. Antes, Kika lo había tomado por una montaña corriente y moliente, pero ahora se da cuenta de su error, ya que por su cima sale una enorme columna de humo. Solo imaginarse las toneladas de lava hirviente burbujeando en su interior... ¡buffff, qué horror! Hasta el mismo cielo se ha puesto de color rojizo, como si estuviera ardiendo.

—*Ten cuidado, comedora de ezpaguetiz* —le advierte Zirizí—. *A vecez, el volcán zigue temblando y ezcupiendo un rato máz.*

Pero Kika no está para advertencias:

—Ya no puedo seguir esperando. ¡Tengo que subir a ese nido! Por lo que más quieras, Zirizí, ¡vuela hasta él y tráeme la ramita que necesito!

—*Zi no hay máz remedio...* —cede Zirizí, conmovida por la preocupación de Kika.

La libélula mira y remira muy cautelosa a su alrededor antes de empezar a elevarse.

Kika está a punto de soltar un suspiro de alivio al distinguirla ya muy alto..., cuando en ese preciso instante el quetzalcoatlus adulto se dispone a aterrizar en su nido.

—¡Cuidado, que vuelve el monstruo! —grita Kika para alertar a su amiga.

¡Y menos mal
que lo hace, por-
que la pobre libélula
no se había dado cuenta
de nada!

Para colmo de males, un segundo
después, tremendas lenguas de lava
hirviente empiezan a resbalar por las
laderas del volcán, abriéndose camino
hasta el valle.

—¡El volcán ze ha mozqueado otra vez!
—grita Zirizí, que desciende en picado
para refugiarse en el interior de la grieta
en la roca.

Kika, sin embargo, prefiere quedarse fuera, contemplando el terrible espectáculo.

Ha leído mucho sobre los volcanes, y sabe de sobra que estos no «se mosquean», como dice Zirizí.

En la Prehistoria, la tierra aún no se había enfriado tanto como en nuestros días, y la corteza terrestre era bastante más delgada.

Por eso, las erupciones volcánicas eran mucho más frecuentes, ya que la masa ardiente de roca fundida presionaba hacia el exterior provocando la ruptura de las zonas más débiles.

En esas peligrosas rupturas primero salían despedidas un montón de rocas, y tras ellas, la hirviente lava que fluía en todas direcciones y que, una vez fría, generaba una «montaña» muy particular: un volcán en cuya cima quedaba una abertura llamada cráter.

Kika se ha quedado muda al ver a las fuerzas de la naturaleza en acción, y observa preocupada cómo la lava ardiendo emprende su implacable avance.

Arriba, en el nido de los quetzalcoatlus, Dani está más o menos seguro, pero en el valle, la situación empieza a volverse desesperada. La lava baja serpenteando hacia él, enterrándolo todo a su paso. ¡La imagen es aterradora!

Por suerte, Kika y Zirizí aún están a una buena distancia del peligro.

—*Ezaz fieraz ze han quedado en el nido, y ya no habrá máz eztampidoz que laz azuzten… ¡znifff!*—se lamenta la libélula.

—Tranquila, Zirizí... ¡Nosotras dos solitas podemos producir esos estampidos! —exclama Kika, encantada con la idea que acaba de ocurrírsele para solucionar el problema del mechero, y rápidamente saca de la bolsa unos cuantos petardos de Nochevieja—. ¡Ahora tenemos fuego de sobra!

Kika avanza con suma cautela hacia el río de lava, pero el encendido de los petardos no resulta tan fácil como imaginaba...

—¡Por las babas de diez brontosaurios griposos, esto abrasa! —farfulla al ver que no puede aproximarse a esa «zopa caliente» lo suficiente como para prender las mechas.

Kika medita unos instantes y enseguida sonríe. ¡Una superbruja siempre tiene mil y un recursos!

Entonces coge un petardo pequeño y…

… lo lanza en mitad del río de lava ardiente.

Los quetzalcoatlus, asustados, asoman las cabezas fuera del nido, como si fueran a emprender el vuelo, y también Zirizí huye aterrorizada a refugiarse en la grieta de la roca.

—*¡Ojo, que el volcán zigue muy furiozo!* —grita.

Pero Kika le responde con un grito de triunfo:

—¡Soy yo la que está furiosa! ¡Y ese impacto ha sido genial!

Tras explicarle a la libélula cómo funcionan los petardos, juntas idean un plan para espantar a los quetzalcoatlus y que Zirizí pueda birlarles tranquilamente una ramita del nido.

—*¡Puedez contar conmigo!* —se entusiasma la libélula—. *¡Vamoz a zacudirlez tal tunda a ezoz picolargoz, que ze quedarán turulatoz!*

¡Dicho y hecho!

Kika prepara los petardos. No quiere lanzarlos todos a la vez, sino guardarse alguno de reserva por si a los quetzalcoatlus se les ocurre volver enseguida al nido. Entonces le hace un gesto a Zirizí y, al momento, un petardo gordísimo vuela hacia el torrente de lava, explotando con tal estrépito que hasta la propia Kika da un respingo.

¿Y los quetzalcoatlus?

¡Del susto, casi se caen del nido, y alzan el vuelo muertos de miedo!

A pesar de todo, Kika hace estallar un par de petardos más antes de darle a Zirizí la señal de despegue.

La libélula asciende a toda velocidad, igual que un helicóptero, y Kika la sigue con la mirada, protegiéndose los ojos con

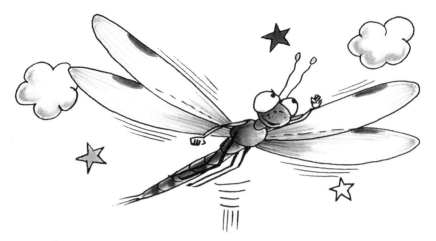

la mano para evitar la ceniza que aún flota a su alrededor.

Zirizí acaba de alcanzar el borde del nido…

Kika contiene el aliento…

Y cuando la libélula ya se dispone a posarse, ¡ve por el rabillo del ojo cómo el quetzalcoatlus adulto vuela a toda mecha hacia ella, dispuesto a defender su nido!

Zirizí abre unos ojos como platos y se queda paralizada en el aire a causa del pánico, pero Kika acude en su ayuda al instante.

¡Esta vez ha encendido un cohete con fuegos artificiales de verdad!

Se oyen silbidos, siseos, tracas... y un montón de colorines centellean en el cielo, dejando a los tres quetzalcoatlus tan tirulatos de puro miedo, que emprenden

127

el vuelo a toda velocidad y se pierden en la lejanía.

—¡Hurraaaa! —grita Kika, feliz—. ¡Esas culebras con alas tardarán un buen rato en volver!

Poco después, Zirizí aterriza sin aliento junto a ella y, muy orgullosa, le entrega una «ramita»… ¡tan gruesa como un brazo!

—También habría servido una más pequeña… —sonríe Kika, y un segundo después estrecha la rama contra su pecho. ¡No hay tiempo que perder!—. ¡Nos vemos arriba! —le grita a Zirizí antes de murmurar la fórmula mágica del «Salto de la bruja».

Cuando Zirizí llega al nido, se encuentra a Kika abrazada a su hermano y llorando a lágrima viva. ¡El pobre Dani no entiende a qué viene ese ataque de cariño, y lucha por respirar ente tanto apretujón!

—Ea, ea, Kika…, ¡si solo es un sueño, tonta! —trata de consolar a su hermana.

—Sí, sí, tienes razón —musita Kika, secándose las lágrimas—. Es solo que… ¡hoy he descubierto lo mucho que te quiero, microbio!

Zirizí, que ha contemplado la escena con sus enormes ojos muy abiertos, pregunta:

—*¿Ez él? ¿Ezte ez el zuperplazta?*

Dani, pasmado de asombro, exclama:

—¿Has visto eso, Kika? ¡Una libélula gigante! ¡Y, encima, habla! ¡Uauuuu, esto sí que es una pasada de sueño!

Kika le acaricia la cabeza con ternura. Es un alivio saber que Dani no se ha enterado ni de lejos del tremendo peligro que ha corrido.

—Sí, este es el «zuperplazta» más «zuperplazta» de todos los «zuperplaztaz» —le responde a Zirizí con una sonrisa mientras saca su ratoncito de peluche del bolsillo. ¡Tienen que volver a casa inmediatamente!

Pero en ese instante, Kika se fija en el bebé dinosaurio de pico de pato que aún sigue en el nido.

El pobre animalillo está muy asustado, y no para de gemir llamando a su mamá.

—¿Y ahora qué vamos a hacer contigo, pequeñín? —suspira Kika.

No se siente capaz de abandonarlo allí. ¡Sería una crueldad! Pero tampoco se le ocurre ninguna solución, y mira a Zirizí en busca de ayuda:

—Mi hermano y yo tenemos que irnos, pero no podemos llevarnos a este bebé dinosaurio con nosotros…

—*Para mí no zería un problema bajarlo volando hazta el zuelo* —dice la libélula—, *pero no zé cómo zubirlo zobre mi ezpalda, y zeguro que él tampoco zabe zujetarze zolo...*

—¡Yo puedo ayudaros! —exclama de pronto Dani, y saca de su bolsillo un hilo de su cometa.

En un santiamén, el bebé dinosaurio está firmemente atado a la espalda de Zirizí.

—*Llevaré a ezte bebé de vuelta con zuz papáz. Zeguro que elloz pueden dezatarlo de mi ezpalda y ze zentirán muy felicez de tenerlo de nuevo conzigo.*

—Gracias por ocuparte de él... Y ahora, ten mucho cuidado, ¡no sea que a la familia de lagartijas con alas le dé por volver a su nido! —le dice Kika a su amiga—. Me ha encantado conocerte, Zirizí. Eres la libélula más... más...

—¡... más grande! —termina la frase Dani.

Kika coge de la mano a su hermano y estrecha el ratoncito de peluche contra su corazón para dar una vez más el «Salto de la bruja».

¡FIIIUUUU!

Dani se queda patitieso por la sorpresa cuando de repente se encuentra en la habitación de su hermana.

—¿Qué ha pasado? —pregunta.

—Que la pesadilla ha terminado —le responde Kika, que aprovecha para estamparle un beso en la mejilla.

Como siempre, Dani se limpia el beso de la cara en el acto, poniendo cara de asco.

Y justo en ese momento, su madre entra en el cuarto.

—Ah, ya habéis vuelto. No os he oído entrar —dice, y enseguida cambia el tono—: Pero... ¿podéis explicarme qué pintas son esas?

Entonces Kika se fija en que el pelo y la ropa de su hermano están todos mugrosos de hollín, y se imagina que ella no debe de tener un aspecto muy distinto...

—¿Por qué lo dices? —pregunta el inocentón de Dani.

—¿Se puede saber qué os ha pasado en el pelo... y en la ropa? —replica su madre.

Dani se pasa la mano por la cabeza, después se mira los dedos llenos de tizne, y a continuación empieza a parlotear:

—Es que ha nevado nieve negra, ¿sabes? Pero antes ha sonado un trueno tremendo... y el bebé dinosaurio se ha asustado y ha llorado... y yo le he consolado y le he dicho que no tuviera miedo porque todo era un sueño... y...

Kika trata de salir del paso enseñándole a su madre uno de los dinosaurios de plástico que Dani guarda en su caja de juguetes, pero su hermano sigue charla que te charla:

—¡Ha sido superemocionante, mamá! Había dragones de verdad... y uno me llevó por los aires... y Kika me gritó que tuviera cuidado... y él subía cada vez más alto...

Como la cosa empieza a liarse de verdad, Kika decide cortar por lo sano y señala la

137

cometa de Dani, que está apoyada contra la pared de la habitación:

—Es que hemos salido a volarla y...

—... y después se oyó otra explosión muy fuerte... —sigue Dani—, y...

—¡... y ahora mismo te vas derechito a la ducha! ¡Y tú, Kika, detrás! —les interrumpe su madre, que de pronto se da cuenta de que la habitación aún está sin recoger del todo y pone cara de poquísimos amigos.

—... y luego llegó la libélula gigante... —sigue parloteando Dani—, y...

Pero ahora es su hermana la que termina la frase por él:

—... y ahora mismo termino de recoger mi cuarto, ¿vale, mami? ¡Compréndelo, no podía dejar que el pobre Dani volase su cometa él solo!

—Está bien… —suspira su madre—. Pero lo que no voy a entender jamás es por qué os ensuciáis tantísimo jugando. Mirad vuestra ropa… ¡Esas manchas no se quitan ni soñando!

—Bueno, soñando, soñando, lo que se dice soñando…, ¡a lo mejor sí! —la anima Kika, guiñándole un ojo a su hermano.

Trucos
de dinosaurios

Zirizí, la libélula *gigantezca*

Dinolandia

Zirizí, la libélula
gigantezca

Una vez en casa, Kika recuerda su aventura con los dinosaurios, en especial con Zirizí, la simpática libélula que tiene esa divertida forma de hablar.

Y para no olvidarse jamás de su amiga, Kika decide construirse su propia libélula gigante.

Kika necesita para construir su libélula:

¡Precioza y muy zenzilla!

- Un rollo vacío de papel de cocina
- Una bola de algodón
- Rotuladores de colores con purpurina
- Rotulador negro
- Un trozo de corcho fino
- Dos trocitos de alambre
- Un trozo de tul
- Láminas de plástico brillante
- Seis palitos de madera
- Pegamento
- Cordón verde

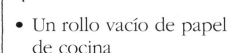

¡Zí, zí, zencillízima, ya lo veráz!

1. Kika pinta el rollo de papel de cocina en azul y verde.

2. Después colorea la bola de algodón y la mete por el rollo de cocina para hacer la cabeza de la libélula (le pone ojos y boca con rotulador negro).

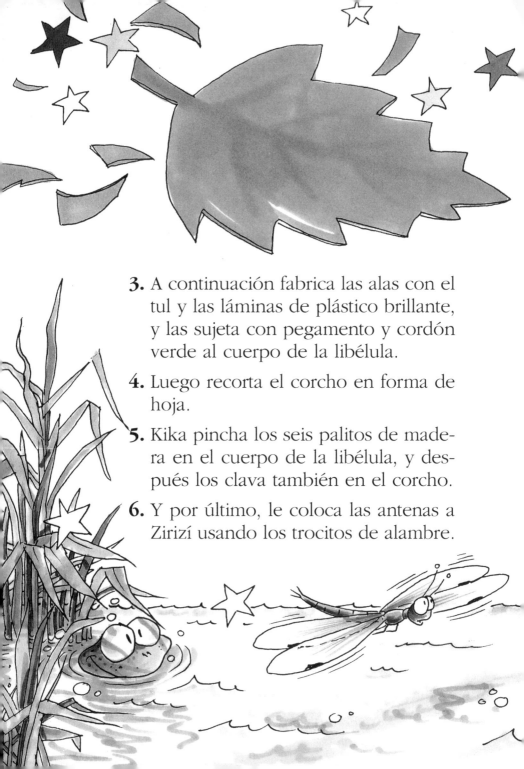

3. A continuación fabrica las alas con el tul y las láminas de plástico brillante, y las sujeta con pegamento y cordón verde al cuerpo de la libélula.

4. Luego recorta el corcho en forma de hoja.

5. Kika pincha los seis palitos de madera en el cuerpo de la libélula, y después los clava también en el corcho.

6. Y por último, le coloca las antenas a Zirizí usando los trocitos de alambre.

Kika pondrá esta preciosa libélula en el estanque del jardín de su abuela, o en su cuarto, dentro de una pecera, o... ¡Qué más da! ¡Seguro que queda chulísima en cualquier parte!

Dinolandia

Kika y Dani se preguntan quién les habrá puesto esos nombres tan raros y difíciles de pronunciar a muchos dinosarios, y han empezado a hacer una lista de todos los que han conocido en esta aventura. ¿Les ayudas a terminarla?

QUETZALCOATLUS
(el mayor saurio volador de todos los tiempos)

¡Menuda dentadura!

TIRANOSAURUS REX
(el saurio carnicero más peligroso de todos los tiempos)

TRICERATOPS

....
....
....

....
....
....

....
....
....

....
....
....

KIKANODONTE IS

Ahora, Kika y Dani piensan en cómo habrían llamado ellos a todos esos dinosaurios… ¡en plan de broma, claro! ¿Te animas a cambiarles tú también los nombres?

- Quetzalcoatlus: *Miedicasaurio* o ....

  ....

- Tiranosaurus rex: *Alientofetidosaurus rex* o ....

  ....

- Triceratops: ....

  ....

Por último, Kika y Dani han decidido…
¡inventarse nuevas especies de dinosaurios! Hasta organizan su propia exposición con unos dibujos chulísimos. Por supuesto, ¡en su lista de nuevos dinosaurios no faltan el Kikanodonte brujilis y el Danisaurius superplastus! ¿Qué nuevos dinosaurios se te ocurren a ti? ¡Organiza tu propia exposición!

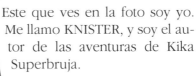

¡Hola!

Este que ves en la foto soy yo. Me llamo KNISTER, y soy el autor de las aventuras de Kika Superbruja.

Como siempre me ha gustado vuestro mundo, el de los chicos y chicas como tú, he escrito muchos libros y canciones para vosotros, y también obras de teatro.

Me encanta presentar programas de lectura en la tele, la radio, las bibliotecas, los teatros y las librerías de mi país (que, por cierto, es Alemania), y también disfruto mucho cuando realizo trabajos para chicos y chicas que son discapacitados psíquicos, o disléxicos, o ciegos..., todos ellos de tu misma edad.

Pero lo mejor de todo es cuando vosotros participáis conmigo en lo que hago, leyendo mis libros y compartiendo las aventuras de los personajes que los protagonizan.

En esta ocasión he querido presentaros a Kika Superbruja. Como es una bruja supersecreta, me costó bastante que me explicara sus trucos de magia, pero al final lo conseguí. Aunque..., no sé por qué, pero me da la impresión de que Kika Superbruja no me ha contado todos sus supersecretos... ¡y a lo mejor todavía le quedan unos cuantos hechizos guardados en la manga!

Índice

Trucos de dinosaurios

153

Los libros de KNISTER

Diviértete con

KNISTER